AF356749

VENTE

des Mardi 17 et Mercredi 18 Novembre 1903

HOTEL DROUOT — SALLE N° 3

À 2 HEURES

BIJOUX ANCIENS

Miniatures, Bonbonnières, Objets de Vitrine

BRONZES, PORCELAINES, FAIENCES

Tableaux, Pastel, Gravures

MEUBLES ANCIENS

Bois sculptés. Broderies, Etoffes

EXPOSITION PUBLIQUE

Le Lundi 16 Novembre 1903, de 2 heures à 6 heures

Mᵉ F. LAIR DUBREUIL, Commissaire-Priseur

6, RUE DE HANOVRE

PARIS. — Imp. C. CHAUFOUR

8-10, rue Milton

ORDRE DES VACATIONS

Mardi 17 novembre 1903

Objets de vitrine. — Bijoux. — Miniatures. — Bonbonnières.

Mercredi 18 novembre

Tableaux. — Bronzes. — Porcelaines. — Faïences. — Meubles. — Bois sculptés. — Étoffes.

Paris. — Imp. C. Chaufour, 8-10, rue Milton.

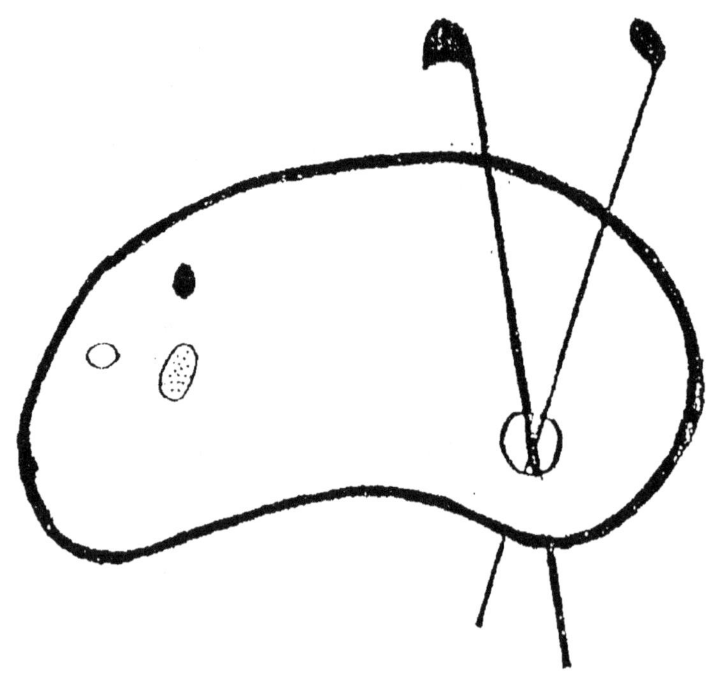

FIN D'UNE SERIE DE DOCUMENTS
EN COULEUR

DÉSIGNATION

BIJOUX ANCIENS

1 — Bague en or, montée d'une rose.

2-3 — Quatre bagues en or onées de topazes et
de roses.

4-6 — Quatre bagues en or enrichies d'émeraudes et de roses.

7 — Bague en or ornée d'améthystes.

8 — Deux bagues en or montées de strass.

9 — Deux bagues en or et pierres de couleurs
forme paniers fleuris.

10 — Bague marquise en argent et émail bleu.

11-14 — Six bagues en argent et strass.

15 — Pendentif en argent doré et strass.

16-22 — Sept pendentifs en argent doré ornés d'émeraudes.

23-25 — Six reliquaires en argent et plaques en porcelaine.

26-28 — Quatre reliquaires en argent renfermant des figures de saints.

29-30 — Six médaillons en argent de formes diverses.

31-33 — Deux croix en filigrane d'argent doré et deux autres en argent et strass.

34 — Petit cachet forme chien en argent.

35 — Deux cadres en argent dont un orné de strass.

36 — Pendentif en argent et strass à figurine
d'amour en émail sur fond de verre.

37 — Insigne maçonnique en strass et pierres de
couleur.

38 — Cadre en argent contenant un portrait de
femme en émail.

39 — Deux cadres en argent et strass contenant
des miniatures : portraits de femme.

40 — Médaillon argent et strass : Fidel.

40-41 — Quatre boucles de manteaux en argent
avec chainettes.

42-46 — Cinq paires de pendants d'oreilles en
argent, strass et topazes.

47-49 — Trois paires de pendants d'oreilles en
argent et émeraudes.

50-52 — Trois paires de pendants d'oreilles en
argent et roses.

53-54 — Trois paires de pendants d'oreilles en
argent et strass,

55 — Deux pendants d'oreilles forme glands en argent.

56 — Deux pendants d'oreilles en filigrane d'argent.

57-59 — Trois flacons en cristal, garnis en métal.

60-62 — Trois porte-cigares en argent ciselé et repoussé.

63 — Porte-monnaie en argent ciselé.

64-65 — Bonbonnière et porte allumettes en argent repoussé.

66 — Deux boucles en argent et strass.

67 — Cinq épingles de chapeau en strass, monture en argent.

68-69 — Sept plaquettes en argent à figures de la Vierge.

70-74 — Douze boucles de ceintures en cuivre émaillé.

75 — Deux boucles de chaussures en bronze doré.

76 — Garniture de six boutons en corne incrustée d'or, monture en argent.

77 — Quatre boutons en argent et pierres rouges.

78-82 — Soixante-douze boutons en filigrane d'argent.

83-93 — Lot de bijoux en strass, cuivre émaillé, acier, etc.

MINIATURES

BONBONNIÈRES — OBJETS DE VITRINE

94 — Miniature rectangulaire : le Galant dragon. Époque Louis XV.

95 — Miniature Louis XVI : portrait de femme.

96-101 — Sept miniatures : portraits d'hommes.

102-104 — Quatre miniatures : portraits de femmes.

105 — Miniature ovale : Vierge et enfant. Cadre en strass.

106 — Petite gravure sur soie : l'Amour à la colombe.

107 — Miniature sur parchemin : l'Enfant Jésus, cadre en bois sculpté et doré.

108 — Petite miniature de femme, cadre en argent

109 — Tabatière carrée en cuivre. Epoque Louis XV.

110-112 — Trois tabatières ovales en cuivre. Epoque Louis XVI.

113-117 — Six petits coffrets en agathe onyx et marbre.

118-120 — Quatre boîtes et un flacon en émail.

121-124 — Cinq boîtes en ivoire, ornées de miniatures, portraits de femmes.

125 — Boîte en nacre et incrustations d'argent. Epoque Louis **XV**.

126 — Boîte ronde en corne, incrustations d'or et d'argent, le couvercle orné de cornaline et pierres diverses.

127-134 — Douze boîtes ou étuis en écaille, corne et ivoire.

135 — Tabatière incrustée d'argent.

136-139 — Six bourses ou étuis brodés en perles de couleur.

140-141 — Deux aumônières en velours brodé.

142-144 — Trois portefeuilles en velours et soie brodés.

145-146 — Deux **montres** en cuivre. Epoque Louis **XVI**.

147-149 — Trois montres en cuivre et émail. Epoque Louis **XVI**.

150-151 — Deux éventails Louis **XVI**, feuilles peintes de sujets mythologiques et galants.

152-153 — Quatre éventails Ier Empire, à sujets mythologiques.

154-159 — Onze éventails.

160 — Tableau en fer repoussé. Tête de Christ.

161 — Tableau en métal argenté. Vierge et enfant.

162 — Tableau sur marbre. Portrait de princesse.

163 — Porte-montre en bronze. Epoque Louis XIV.

164 — Petite figurine sur pied en bronze doré. La Paix.

165 — Petit mouvement d'horloge.

166 — Petit triptyque en ivoire: Vierge et enfant.

167 — Groupe de Vierge et enfant en albâtre xvie siècle.

FAIENCES ET PORCELAINES

168 — Groupe en porcelaine. Chasseur et chasseresse.

169-171 — Trois paires de vases et une jardinière en porcelaine de Paris. Epoque Ier Empire.

172-173 — Trois boites en porcelaine de Chine.

174-176 — Cinq pots de pharmacie en faïences diverses.

177-182 — Huit vases en faïence à reflets métalliques.

183-184 — Deux fontaines en faience.

185-189 — Sept assiettes ou plats en faiences diverses.

MEUBLES ANCIENS

BOIS SCULPTES, BRONZES, FERS, CUIVRES

190 — Belle bibliothèque en bois sculpté. Style Louis XV.

191 — Table à ouvrage bois sculpté.

192 — Table de nuit en bois sculpté.

193 — Deux boîtes à sel en bois sculpté.

194 — Petite vitrine en bois sculpté. Style Louis XV.

195 — Cabinet en bois noir garni de nombreux tiroirs et incrustations d'ivoire.

196-197 — Deux reliquaires en bois sculpté et doré. Epoque Renaissance.

198-200 — Quatre coffrets en bois sculpté et marqueterie de bois.

201-205 — Six plats ronds en cuivre repoussé.

206-212 — Huit sonnettes en bronze et cuivre.

213-220 — Neuf sonnettes en bronze et cuivre.

221-223 — Cinq lampes juives et deux flambeaux
Louis XIII en cuivre.

224-226 — Quatre épées de cour.

227 — Poudrière en fer ciselé et ajouré.

228 — Petit lustre en cristal.

229-231 — Quatre lampes d'autel en cuivre repoussé et doré.

232-233 — Deux coffres à bois en bois sculpté,
décorés de peintures.

234-237 — Quatre coffres de voyage en cuir
clouté.

238 — Coffre de voyage couvert en cuir de Cor-
doue.

239 — Grand coffre carré en bois sculpté.

240 — Console Louis XVI avec sa glace en bois
sculpté et doré.

241-242 — Petite table de travail 1er Empire, en
acajou.

243 — Lutrin en fer forgé.

244 — Deux chutes en bois sculpté, fruits.

245-246 — Quatre colonnes en bois sculpté et
doré. Epoque Louis XIII.

247 — Portique en bois sculpté et doré.

248 — Cariatide à tête d'ange en bois sculpté et
doré.

249-255 — Douze cadres en bois sculpté et doré.
Epoques Louis XV et Louis XVI.

256 — Deux cadres Louis XIII en ébène.

257-259 — Six glaces, cadres en bois sculpté et
doré. Epoque Louis XV.

260 — Glace cadre bois sculpté et doré. Epoque
Louis XIV.

261-262 — Lot de cadres.

263-264 — Lot de bois sculptés.

265 — Lot de cuivres et bronzes.

266 — Ecusson en bois sculpté et doré.

267 — Deux panneaux en bois sculpté et doré.
Epoque Louis XIII. Fruits et fleurs.

268-269 — Trois chaises couvertes en damas rouge
Epoque Louis XIV.

270 — Fauteuil couvert en damas bleu. Epoque
Louis XV.

TABLEAUX

PASTEL — GRAVURES

271 — ÉCOLE ANCIENNE. Saint Augustin en prière.

272 — ÉCOLE ANCIENNE. Vierge et Enfant entourés par des anges.

273 — ÉCOLE ANCIENNE. Paysage.

274 — ÉCOLE ANCIENNE. Nature morte.

275 — ÉCOLE ANCIENNE. Tête de Vierge.

276 — ÉCOLE ANCIENNE. Saint Jean.

277 — ÉCOLE ANCIENNE. Vierge et Enfant.

278 — ÉCOLE ANCIENNE. Triptyque : Anges musiciens.

279 — ÉCOLE ANCIENNE. L'Enfant Jésus. Panneau gothique.

280 — ÉCOLE FRANÇAISE. Tête de jeune fille. Pastel.

281 - ÉCOLE FRANÇAISE. Portrait de femme ovale.

282 — ÉCOLE FRANÇAISE. Amours. Quatre dessus de portes.

283 — ÉCOLE FRANÇAISE. Portrait de femme Louis XVI.

284 — ÉCOLE FRANÇAISE. Portrait de femme Louis XV.

285 — ÉCOLE FRANÇAISE. Portraits de femme et d'homme. Deux pendants.

286 - ÉCOLE MODERNE. Espagnols. Deux études.

287-288 — Trois gravures anciennes brodées en soie.

289 — Deux gravures en couleur. Cadres Empire

290 — Ecusson en toile peinte dans un cadre.

ETOFFES ET BRODERIES

291-294 — Bandeaux et petits tapis en broderies
et applications sur velours rouge. Epoque
Renaissance.

295-298 — Fort lot d'étoffes et de galons anciens.

299 — Bannière en soie crème brochée à fleurs
en fils métalliques.

300 — Objets omis.